KB060252

청어詩人選 177

주옥같은 詩를
나, 그대에게

최대락 시집

청어

주옥같은 詩를 나, 그대에게

최대락 시집

발 행 처 · 도서출판 **청어**
발 행 인 · 이영철
영　　업 · 이동호
홍　　보 · 이용희
기　　획 · 천성래
편　　집 · 방세화
디 자 인 · 이해니 ┃ 이수빈
제작이사 · 공병한
인　　쇄 · 두리터

등　　록 · 1999년 5월 3일
(제1999-000063호)

1판 1쇄 인쇄 · 2019년 6월 20일
1판 1쇄 발행 · 2019년 6월 30일

주소 · 서울특별시 서초구 남부순환로 364길 8-15 동일빌딩 2층
대표전화 · 02-586-0477
팩시밀리 · 0303-0942-0478

홈페이지 · www.chungeobook.com
E-mail · ppi20@hanmail.net
ISBN · 979-11-5860-663-3(03810)

이 도서의 국립중앙도서관 출판시도서목록(CIP)은 서지정보유통지원시스템 홈페이지
(http://seoji.nl.go.kr)와 국가자료공동목록시스템(http://www.nl.go.kr/kolisnet)
에서 이용하실 수 있습니다.(CIP제어번호: CIP2019022882)

시를 사랑한다는 것부터 가장 행복하다. 무엇보다 원고 앞에서 시상을 떠올릴 때가 가장 편안하다. 시를 말할 것 같으면 고도의 언어 예술이라고 흔히 이야기 한다. 오늘날에 와서는 시어를 의식하고 집필하는 시인은 없다. 시인이 한편의 시를 어떤 단어든지 필요하다고 생각되면 쓸 수도 있다.

원래 시어란 말은 18세기 영국에서부터 쓰였다고 한다. 그레이 T, 즉 그레이는 일상적으로 사용되는 보통 Ordinary의 언어가 필요해서 특수화되면서 거리가 생겼다고 한다. 이것이 바로 시어이다. 라틴어의 완곡한 표현체인 고어체를 고쳐놓은 것이라고 들었다. 그리고 서정시집의 서문에서 시의 감동적인 본질을 표현할 수 있는 모든 언어들은 시어가 될 수 있다고 배웠고 또 그렇게 알고 있다. 그러면서 시에 쓰이는 언어가 가지는 기능이 대단히 넓다.

시를 창작하는 시인의 입장에서 보면 한 편의 시를 집필하기 위해 한 개인이 가진 자신만의 시적 표현이 있기 마련이며 의식적이든 무의식이든 사회의 윤리적인 제약성도 있기 마련이다. 한편의 시가 탄생하기까지는 시인이 가진 자유혼의 정신이 큰 물줄기로 흐르기 때문이라고 선배 작가 분들의 강의에서 늘 들어왔던 것이 이 책을 내면서 새삼 떠올리게 되었다.

끝으로 시집을 내면서 물신양면으로 도와준 청어출판사 이영철 소설가님 그리고 아낌없는 두 아들의 격려와 아내의 응원도 늘 감사드린다.

최대락

차례

4부

1부

고뇌

먼 하늘만 바라보면
애잔한 한숨이
이슬이
되어 맺히네
하늘에 흰 구름 떠가 듯
고뇌도 인생의 한 과정이라는 것을

세상을
마음만 열면 편하거늘
마음을 닫고 세상을 보게 되고
그것이 장애가 되어
스스로 덫에 걸려
고통이 희망의 걸림돌로 되어버리는 것

누구나 다 아는
진리
훌훌 털어버리고
꿈에 행진 끝에
희망을 달아
저 푸른 상공에 둥실 띄워 보내리

나를 사랑 하거든

당신이 먼저 나를
사랑하거든
조용히
다가와 말해줘요 그리고 품 안으로

살짝 안아주시면
더 이상 바랄 게 없어요
왜냐구요
차마 용기가 없어 나서질 못할 뿐이에요

마음을 열어 주시면
그때는 내가
먼저 뛰어갈게요
그리고 지체 없이 사랑한다고 고백하고 싶어요

미소만 보내도
더 이상 바랄 게 없어요
이번에는
제가 용기를 내어 그대를 안아 드릴 작정이에요

아침이 오면

당신의 우아한 모습이 내 가슴속 깊이
자리 잡고 있어 꿈만 꾸고 있는 것 같아요
아름답게 미소 짓는 그 모습이
아침이 오면 너무 감격스러워 울 것만 같아 주책이네요

나이가 들어가면서 눈물이 많아지고
왠지 짠해 보이는 당신 모습을
미안함에 똑바로 쳐다볼 수가 없어요
서로 기대고 싶은 것은 사필귀정(事必歸正)입니다

꿈속에서조차 사랑이 그리움으로 변해
난 당신한테 철저히 중독되었나 봐요
훗날 언젠가는 생의 기로 속에
이별여행을 생각하면 벌써 가슴이 먹먹해 저려옵니다

강줄기를 따라 모락모락 피어오르는 물안개처럼
마음속 깊이 가두고 싶을 뿐
초심 그대로입니다. 사랑하는 당신이
내 곁에 있다는 자체가 너무 기쁘고 행복합니다

수선화

물안개가
모락모락 피어오르는
한 송이 수선화는
강 골짜기를
따라 신비하게 따라 나섭니다

새벽이 오면
그토록
고결한
수선화 사랑은
내 곁을 떠나갈까 봐 두려워요

당신의 자존심을
상하게 해서
미안해요
당신의 따뜻한
말 한마디에 난 평생을 걸 겁니다

낯선 내 모습

거울 앞에
웬 사내가 우두커니 서 있어
낯설게 느껴지는 것은
웬일일까요
얼굴을 잡아 당겨
보기도 하고
찡그려 보기도 하지만 틀림없는 나였다

흰머리에 주름으로
무장한 모습이
세월열차에서
내린 역은
분명히 우리집역 이었는데
뒤돌아보니 좌석도 없다
어떠랴 다음 시간에 출발하지 뭐

나 자신을 책망해 본다
쓸쓸함과
허무함이 교차 할 때
구두를 신고
머리도 빗고
확실하게 위장하고
나서는데 속마음은 편치 않다

아카시아 꽃 상처

깨끗하고 우아한 탐스러운
아카시아는 벌 나비
심술에 하얀 버선은
맥없이 떨어지는
꽃잎을 잡으려 애타게 잡으려 몸부림친다

아름다운 모습은 온데간데없고
풍파에 상처를 입은
꽃잎은 기력마저 잃어버린 너의 모습은
입술이라도 예쁘게
칠하였으면 좋으련만 창백하기 그지없다

양지 바른 산기슭 모퉁이에
좀 일찍 찾아온
더위에 물 한 모금
마시지 못하고 더위에 지쳐
떠나보내야 하는 설음에 한없이 눈물 흘리네

인생의 강

산기슭 골짜기에서
옹달샘이 졸졸졸 흘러
도랑을 따라 물이 흘러갑니다
정겹고 아름다운
풍경이지만
개울로 합류하면 이내 시련이 찾아옵니다

그 개울은 평화롭고
순한 양처럼 보이지만
또 다른 암초와
부딪치고 상처가
아물기 전에
또 다른 세상을
만나 험한 여정의 강을 만나게 됩니다

넓은 바다는 성난 파도가
도사리고 있지만
모진 역경을 이겨내는 것은
자신의 몫이기에
최선의 방어가
잠잠해지는 물결처럼 인생은
모든 이에게 공평하게 한 번 더 기회를 줍니다

그대에게 보내는 마음의 편지

그대는 내가 있어
행복하고
난 그대가
있어 행복합니다 그리고 내 운명입니다

먼 훗날에도
지금처럼 또 처음처럼
난 그대
어깨에 기대고 그대는 내 품 안에서 쉬면 됩니다

변함없이 그대 곁을
꼭 지켜주리라
맹세하고
초심을 잃지 않는 그런 사람이 되겠습니다

그대는 나의 숙명이요
끝가지 함께하고
그대를
책임지고 아끼며 사랑하고 살아가겠습니다

초가집 풍경

찬 서리가 내리고
추수가 끝난 뒤
초가지붕을 새로 덮기 위해
볏짚을 추려서
이엉을 엮기 위해 짚을 알맞게 준비해 놓는다

지붕 길이와
면적에 따라
마을 어르신들의 손 기술로
한 주먹씩 넣고 엮어서
한 다발 두 다발 필요한 수량만큼 만들어 놓는다

지붕에 올라가 헌 이엉*
일부를 걷어내고
새로운 이엉을 덮은 다음 새끼줄로
단단히 묶는다. 민 나라 이야기
같지만 불과 반세기전 우리들의 이야기다

* 이엉 : 준말로 '영'이라고 한다. 초가집의 지붕이나 담을 새로 이는데 쓰는 짚으
     로 엮는 물건을 말하고 볏짚을 추려서 시래기 엮듯 만든다

메아리

메아리를 따라 나서는
산안개는 잠시
쉬어가면 좋으련만
무엇이 바쁜지
좀처럼 품 안을 벗어나지 못하고 있다

제대로 볼 수 없는
그곳에서
벗어나고픈
욕망에 사로잡혀
돌아오는 메아리는 부메랑이 되어 뒤돌아온다

나무가 나뭇잎을 사랑하듯
메아리도 산천을 사랑하고
막다른 골목에서
멈추지 못하고 받은 만큼
다시 돌려주는 당신의 진리는 대단하십니다

밤새 내린 봄비

봄비가 바닥에
자리를
깔고 누운다
푹신한
이부자리를
깔고 온 대지까지 덮는다

행여
배탈이 날까 봐
곁에 있는
이불도 끌어다 덮는다

밤새 두 손으로
꼭 잡고
흘러내리는
빗물은 먼동이
틀 때 새벽길을 따라 나선다

10월 마지막 날

눈이 내리는 역까지
군 입대 날 손까지 흔들던
너의 모습이 눈에 선하다
휴가차 찾았을 때
이미 사고로 세상 떠났다는 소식은 큰 충격이었어

어렸을 적 볏짚 속으로 숨어 잠이 들어
너를 애먹인 나였는데
그때는 고마움과 미안함에 피했던 것
끼니조차 해결 못할 때
결국 찾아내 집으로 데리고 가 밥을 양껏 먹여주었던 너

농번기 때
꼭 새참을 주곤 했던
갸륵한 너의 마음
내 형편으로는 엄두도 못할 때
그 고마움을 평생 못 잊고 살고 있다

결혼식 사진을 군 면회 때
주고 갔던 너였는데
가끔은 추억 여행 때 보곤 하지
아내와 딸을 남겨두고 어떻게 갔어
10월 마지막 날이면 그날이 생각난다 보고 싶다 친구야

물안개

물안개가
이슬에 젖어 날지 못할까 봐
밤 사이
뜬눈으로 지새우고
꽃단장하고 있을 때 노크소리가 들린다

산안개가 마중 나와
손을 내밀어
먼동이 트기 전에 서둘러 떠나는
물안개를 데리고 올라가네 올라가
올라가다가 둘은 아무도 없는 산속에서 쉬었다가네

몰래 빠져나온
물안개는 산허리를 휘감았던
그 억센 힘으로
산안개 뒷덜미를 잡고
산등성이로 구름 따라 정상으로 올라가네 올라가네

콩나물

살짝 내민 입술 사이로 새싹이 보인다
곱게 자란 세월은 고작 180시간
그 짧은 생애를 위해
몸부림치는 것 같아
가슴이 아프다
바라는 것은 콩나물이 아닌 콩나무로 태어나라

180시간이 아니라 180일
너의 삶은 불과 48시간
운이 좋으면 72시간
예쁜 새싹을 틔우고
일주일 지나면서 서서히 생을
마감하지만 콩나무는 180일 즐기면서 살고 있잖니

사람 속을 후련하게
해주고 떠나는
너의 갸륵함에
찬사를 보낸다
아직 못 다 한 것이 그리워지면
다음엔 꼭 콩나무로 태어나길 간절히 기도 할 뿐이다

정지 된 침묵

날 끌어들인 세월은
내게 다가와 속삭이고
시간 속
신기루처럼 그리움의
절규가 오늘따라 애처로워 보입니다

정지된 침묵 속에서
세월을 붙잡고
내 등 뒤에
숨어 있는 시간이
쑥스러운 듯 살며시 다가가고 있을 때

또 다른 시간이
작은 공간 뒤에
꼭꼭 숨어버리고
그 그림자를 따라 나서는
세월이 먼 허공 속으로 쏜살같이 사라져 갑니다

출출함이 몰려올 때

퇴근 무렵부터 궂은 날씨에
추적추적 가을비가
내리더니
노랗게 물든 낙엽 위로 물방울이 떨어진다

무개를 이기지 못한
빗방울이 또르르
떨어져 대지를 촉촉이 적실 때
마음이 무겁고 출출함이 몰려올 쯤

저녁 밥상에
구수하고 단백하고
맛있게 끓여 놓고 기다린
아내의 된장찌개는 생각만 해도 군침이 돈다

삼길포 밤바다

바닷바람은 비릿한 냄새를
동반하고 초승달은
종종걸음으로 다가와
별과의 속삭임을 질투하듯
만선의 배길 따라 나설 때 갈매기도 따라 나선다

시간은 홀로 흐르는 바람에 밀려
바다는 또 다시 하나가 되어
행복한 표정을
깨트리지 않으려고
밤하늘에게 밀려난 깜빡이는 추억을 뽑아든다

사랑은 실바람을 타고
내 품에 안겨 옷깃 속으로
칼바람이 파고드는
삼길포 밤바다는 삶을 품에
안은 수은등처럼 밤이 늦었는데도 곡예를 한다

* 삼길포: 충남 서산시 화곡리에 위치하고, 1984년 준공된 방조제 길이가 7.8km
이다. 바다에 떠 있는 크고 작은 섬들이 많아, 풍경이 무척 아름답고 바
다낚시로 인기가 많으며, 우럭축제로도 유명하다

봄바람

옷소매 사이로
따스한 봄바람이 불어온다

며칠 전만 해도
엊그제 했던 것이
콧등이 시려 봄은 언제 오는가

작은 골목을 지나
비교적 넓은 벌판이 나온다

어느 새
봄바람은 작은
풀잎 끝에
매달려 엷은 미소로 나를 반긴다

민들레꽃

길모퉁이 담장 아래
살짝 미소 짓는
노란 민들레꽃이 엷은 미소를 짓는다

깜박거리는 눈동자를
바라보다
예쁜 눈망울은
잠시 침묵 속으로 빠져 들게 합니다

아름다운 추억을 찾아
낙수 소리와 함께
따스한 봄바람에
풍경 속으로 실려 사랑 찾아 떠납니다

바람이 불면
민들레 홀씨 되어
또 다른 잉태를 위해
멀리 떠나는 그대 모습이 자유로워 보입니다

장모님

굽은 허리를 한 순간도 펴질 못하시고
작은 유모차(乳母車)에 의지한 채
숨이 가빠 새어나온 기침소리는
골짜기 사이로 부메랑이 되어 돌아온다

행여 객지에서 소식이 오려나
막내아들이 마련해준
핸드폰을 목에 걸고
동네 한 바퀴 돌면서 계속 만지작거리고

마을회관 경로당에서
친구들 수다에
시간 가는 줄 모르다가
땅거미가 짙게 드리울 때 집으로 향하신다

벽에 걸린
그리운 자식들 사진만이
미소 지을 뿐 텅 빈 거실은 왜
그렇게 넓은지 기다림만큼이나 야속하기만 하다

그림자

누가 따라온다
돌아다봐도
아무 인기척이 없다
뒤따라온
가을바람에게
물어보니 그건 나의 분신 그림자였다

가던 길을 되돌아올 때
그림자에게
부탁한다
이 밤이 지나고
내일이 오면
오늘이란 집으로 돌아가는 그림자

아침이 밝아오면
햇살이 비춰질까 봐
서둘러 떠나려 하지만
야심한 밤에
또 다시 함께 할
운명이 곧 숙명이라는 것을 진작 몰랐을까

님의 발자국

봄비가
주룩 주룩 내린다
침묵의 발자국 소리와 함께

훗날 봄비가 내리는
그날에 만나자고
그대는 그런 약속하고 떠났었죠

새싹이 소생하는
봄이 되면 반드시
이 자리에서 하염없이 기다릴 작정이에요

지금 거리에는
그때처럼 비가 내리고 있어
잠시 아련한 추억 속으로 떠나 봅니다

계곡여행

좁은 길을 벗어나면
숲이 우거진
풀잎 사이로
햇살이 비춘다 줄기차게 울던
매미가 인기척에도
아랑곳 하지 않고 울어 재낀다

한걸음 두 걸음 올라가다가
골짜기 옹달샘에
물새 한 쌍이
목욕하다가 놀라 날아갈 때
돌 틈새에는 가재들이 놀라 뒷걸음질한다

어느 덧 능선을 따라
도착하니
이마엔 땀방울이 맺혀
한여름도 얼마 남지 않은
8월의 마지막 주
솔잎 향기 맡으며 즐겁게 내려왔다

관악산 전경

관악산은 속리산 천황봉에서 시작하여
남쪽에서 북쪽으로 뻗어 올라온
차령산맥 끝머리에 위치한다
연주대 정상에 올라
사방을 관망하니 산줄기가
이리구불 저리구불 천변만화(千變萬化)을 이루고 있었다

남쪽을 바라보던 산봉우리는 마치 불꽃처럼
생겼고 푸른 숲이 온화하고
에워 쌓인 풍경이 절경이다
경치가 빼어나서 곳곳에 명승지가 있으며
이 산을 찾아 사람들은 명상에 잠기고
종일 안내를 맡았던 이정표는 인파들의 길라잡이

아늑한 산모퉁이는 시원함을 만끽하는
등산객들의 안전한 휴식처
이 관악산(冠岳山)을 찾아 여유를 부려본다
서서히 해가 지기 시작하고
땅거미가 작심하고 내 마음을 서두르게 할 때
산세가 온순해서 호흡도 정상이고 안전하게 하산했다

대낮 잠꼬대

하얀 침대에 누워
이리저리 방황하는 꿈에
하얀 이를 드러내고 사정없이 갈고 또 간다

자신의 얼굴모양이 일그러진 채
버려질 때로 버려진 입가엔
누렇게 낀 이빨 사이로 신나게 투정을 부린다

연신 입가엔 슬픔을 보였다가
바짝 말라붙은 입술로 휘파람을 분다
또 다시 풀죽은 눈과 쩝쩝 거리는 모습이야말로

무엇이 즐거운지 히쭉히쭉 웃는 모습이
우스운 얼굴만큼이나 지켜볼
수밖에 없어 차마 눈뜨고 못 봐 죽을 노릇이다

겨울 나그네

나그네가 갑자기
다가와
사정없이 때리는
추운 겨울날
지난주에는 다소 여유 있는 기온이었는데

안방 문 틈으로
스며드는
찬바람은
온 방 안을 헤집어 놓더니
아침을 달리는 버스 창틈으로 똑같이 파고든다

정류장 좌판 주인장
옷소매를
파고 들었다가
호되게 꾸중을 듣고
반기지 않자 또 다른 곳으로 달아난다

봉숭아 꽃 물들이기

어린 시절 선경이네 집
앞마당 담벼락 아래 채송화
봉숭아꽃이 예쁘게 활짝 피었다
빨강 하얀 꽃이 미소 지으며 웃고 있었다

꽃잎과 잎을 넣고
작은 돌로 찧어
선경이 손톱 위에 올려놓고
푸른 잎으로 싸고 풀 끈으로 칭칭 동여매 줬다

기다리는 지루함에도
선경이 좋아라 하던 모습이
주마등처럼 스쳐갈 때
그 자리에 서서 봉숭아꽃을 따고 있었다

미련

산기슭에 따스한
봄바람은
메아리를 데리고
부메랑이 되어 돌아올
그날을 위해 묵묵히 따라 나서고 있습니다

피뢰침 끝에 걸린
하얀 천이
먼지를 뒤집어쓴 채
봄바람에 찢겨 나가도
아픈 내색조차 못하고 나풀거린다

아지랑이 피는
언덕에서
쉬어가면 좋으련만
봄바람은 아랑곳 하지 않고
더 이상 미련을 두지 않고 떠나 버립니다

별 나들이

별들이 큰 눈을
깜박거리고
그 중에서
제일 큰 별이
화려하게 치장하고 나를 유혹한다

호수공원 분수대에서
오색 물보라가
피어오르고
음악 리듬에 맞추어
밤하늘에
빛나는 별들도 함께 춤을 출 때

별 하나 따서
호주머니 속으로
넣었더니 어두운 곳을
환하게 비추고
미소 짓는 너의 모습이 아름답다

2부

주옥같은 詩를 나, 그대에게

아름다운 사랑으로
비상하려는
날개를 펴고 텅 빈 마음을
채워 줄 착상이나 구상을
긴 안목으로 나, 그대에게 꼭 알려드리고 싶어요

무릎 사이로 긴 목청을 끼우고
밤새도록 흐느끼는
한이 있어도
원망 따위는 없어요 하지만
그냥 지나치면 내 마음은 한없이 속상하거든요

늘 부족한 마음을 채워주고
용기를 준
주옥같은
이 시적인 정취를
나, 그대에게 꼭 선물로 드리고 싶어요

낙수소리

장대비는 무슨 감정으로
저렇게 두들길까
온 대지는
모질게 맞고도
아픈 내색조차 못하고 흐느끼고 있었다

밤 사이 쉬지 않고
퍼부어
아침까지의
긴 여정이야말로
두 얼굴의 미로 속에서 헤매는 느낌이다

날이 밝았는데도
낙수소리에 놀란
빗방울이
산산이 부서진다
우울한 내 마음속을 타들어가는 하루였다

삶의 미학

사랑에는
기쁨이 따르기 마련이며
기쁨 뒤에는
즐거움이 찾아오는 것이 진리입니다

미움에는
아픔이 따르기 마련이며
아픔 뒤에는
슬픔이 찾아오는 것이 진리입니다

아쉬움에는
후회가 따르기 마련이며
후회 뒤에는
미련이 찾아오는 것이 진리입니다

양보에는
배려가 따르기 마련이며
배려 뒤에는
상대를 존중 하는 것이 진리입니다

부부 서약서

사랑을 맺었던 그날처럼
꼭 지켜야 할
분명한 약속은
신뢰와 믿음을
삶을 다 할 때까지 지키겠습니다

세월이 흘러가도
배려하고
양보하고
아끼는 마음으로
끝까지 보살피고 사랑하겠습니다

웨딩사진 속 그때의
모습처럼
순결하고 깨끗한
마음으로
서로 잊지 않고 아름답게 살 것을 서약합니다

아내의 자화상

거울 앞에서 아내가
머리를 내려 빗으며
양 볼을 툭툭 두드린다
눈가의 주름은
세월이 가져다 준 최악의 선물이다

아래턱을 살짝
올려 밀어보고
빨간 립스틱을 칠해보니
영 아닌 것 같아
살짝 미소 짓고 입술끼리 비벼본다

선명한 목주름
시간의 긴 줄 만큼이나
길어 보이지만
거울 속 자신의 모습이
낯설게 느껴진다고 일어서며 아쉬워한다

밤낚시

강바람이 잔잔하다
찌 입질에
일렁이는 물결 위로
멀리 달아났다
이내 돌아와 발목을 휘감고 조인다

케미컬 라이트 불빛이
은은하게 퍼져 나갈 때
숨을 죽이며
낚시 대를 응시하고
힘껏 잡아채지만 표정이 허탈해 보인다

순간 무엇이 걸렸나
힘겨운 사투
도망
아! 월척이었는데
수많은 별들이 보고 히죽 히죽 웃는다

장손

집안 기둥인 장손은
도회지에서
고등학교와 대학을 졸업하고
회사생활 정년이 가까워지고 있을 때
돌이켜 보니 세월이 많지 않았다는 것을 깨달았다

평생 뒷바라지 해주신
구순이 넘은 어머님을 위해
이제는 남은 여생을
책임지고 귀농을 결정했을 때
갈등을 봉합하는데
많은 시간이 소요되고 욕도 먹었다

가장의 욕심인가 아니면 회피인가
무책임하다는
핀잔도 들었지만 초지일관(初志一貫)
무언실천(無言實踐)이라 했듯이
착오와 방식이 어긋나도 노력 끝에 어머님이 인정하셨다

알츠하이머로 내게 누구냐고 물어 올 땐
텅 빈 방 안에서 감정이 복 받쳐
흐느껴 울었고 늘 외로움과 가련함의
교차로 노심초사지만
주어진 기간에 따라 후회 없는 삶을 추구하려 맹세한다

＊ 初志一貫 無言實踐 : 처음 시작하는 계획은 말없이 실행에 옮긴다는 뜻

안개꽃

분홍빛 안개꽃 사랑은
밝은 얼굴로
살며시 다가와
한 뼘의 엷은 미소처럼 기쁨의 순간이어라

하얀 안개꽃 사랑이
보랏빛 안개꽃 사랑을
데리고 다가올 때
깨끗한 마음과 순수한 마음에 가슴 떨림이어라

사랑한다는
마음을 전하고 싶을 때
파랑 안개꽃 사랑은
모진 풍파가 몰아쳐도 영원한 사랑이어라

추적추적 내리는 가을비

추적추적 내리는 가을비가
적막하고 고요한 밤을
추스르고
적적한 마음을 달래 봅니다

내 마음속 깊은 곳에
리듬을 맞추어 내리는 가을비
는적거리는* 낙엽들이

가지각색 색상이
을씨년스럽게 흩어져
비바람에 멀리멀리 날아간다

* 는적거리는 : 썩거나 삭아서 힘없이 축 처지거나 흐물흐물하다

뒤돌아보는 삶

평소 하는 대로
일등보단 이등이 좋고
그냥 아이 낳고 먹이고 가르치고
보람 있고
행복하게 살았다고 자부 하고 싶다

고달픈 생활에도
초심을 잃지 않았으며
때론 아파도 내색도 못하고
울고 싶어도
울지 못한 것은 아비이고 가장이니까

남들은 성공했다고
이야기하지만
과연 그럴까, 잠시
내 자신에게 물어본다
너는 최선을 다했냐고 했지

대입고사

대입고사를 치르는 날
교문 앞 철문 사이로
두 손을 모으고
기도하는 학부모님들

학교 앞에서
추위도 잊은 채 지켜보는 부모
옛날이나 현재나
부모 마음은 매 마찬가지다

부모로서 해야 할
의무와 정성은 어디에 비하랴
그 마음을
장차 배우면서 깨우치기 바란다

당신의 수호자

어둠이 찾아 왔어요
행여 찾지 못할까?
두려워요
그때는 불 밝혀드리고 싶어요

만약 길을
잃어버리면 나를 꼭 불러요
그때는
길라잡이를 보내 드리도록 할게요

살짝 귀띔만 주시면
다가가 꼭
잡아 드리고
따뜻한 품 안으로 모시고 싶어요

포기하면
내 마음이 무척 아파요
난 당신의
수호자이자 보호자로 남고 싶어요

번뇌

인생에 있어서
몸과 마음의 상처가
크면 클수록
회복하기가 상당히 어렵다
자신에 주어지는 올바른 선택에
최선을 다하는 것은 참으로 행복한 것이다

무엇보다 심신을
괴롭히는 장애가 있을 때는
주변 도움이 필요하다
고통에 시달리고
외로움에 따른 욕망 때문에
정신적 충격 속을 헤어나지 못하고 포기한다

번뇌란 테두리를
벗어나지 못하고
세상에 존재하는 불행과 악을
수수방관하다가
무력한 삶에 빠져 좌절감을 겪고
나서야 비로소 깨닫고 긴 터널을 빠져 나오게 된다

삐뚤어진 입

하얀 제복 경비병이 붉은
대문 앞을 철저히 보초를 선다
빈틈이 없다 코털을 면봉으로 살살 건드린다
순간 재채기할 때 그 틈으로 비집고 들어가
쓰레기와 재활용을 구별해서 내보내달라고
단판 짓고 뛰쳐나온다
말발굽 소리에 놀라 달아난다
문을 열면 잡풀 밭 돌멩이도 튀어나오고
이름도 튀어나오고
착한사람 뒤통수엔 꼬리표가 달린다
문 닫아 버리면 다닥다닥 딱지를 붙여놓아
거꾸로만 커져 꽁무니만 따라 걷다가
성한 사람 한둘쯤은 두들겨 패준다

훈장님의 회초리는 사방에서 움직임을
간섭하듯 들리고 달콤한 소리만
들리게 하며 속 깊은 한마디는 문빗장을 친다
고양이 꼬리에 매달린 방울처럼
없어도 될 문은 늘 그 자리에서
빙빙 돌고 비뚤어진 문틈 사이로

오물이 흘러나와 모략한 문으로 들어간다
그 등줄기엔 과장된 말만 묻어있어
뜨거운 입씨름으로 세계를
지배하는 트럼프 미국대통령도 있지만
훗날 세상을 묘사하러 대문 열고 나오다가
돌부리에 걸려 넘어질 때
비로소 인간의 도리가 아니라는 것을
깨닫는 때가 올 것이다

가랑비 내리는 강가에서

잔잔한 호수에
힘껏 던지는
물수제비가
멀리 멀리 미끄러져 나간다

한가롭게 노니는
원앙 한 쌍이 달아나다
숨 고르고
방해꾼이 나가길 고대하고 있다

비릿한 물비린내가
내 코를
자극시킬 때
가랑비가 부슬부슬 내린다

연잎 위에 개구리가 앉아
노래를 부르다가
아쉬움에 살짝 고개를
내밀다 인기척에 놀라 사라진다

입학기념 선물

중학교 입학 기념으로 어머니와 신발가게에 들어섰다

야가 중학교에 들어갔는데 십문칠로 줘요
중학교 1학년이면 십문오일 텐데
아무 말 말고 십문칠 줘봐요
애기야 이리와 요놈 신어봐 됐냐 십문칠*은 맞아?
안 맞아 쪼끔 커요
그럼 십문오 신으면 됐지 좋은 걸로 골라봐
우리 애기가 중학교 시험 쳐서 합격 했는데요
4 : 1로 들어갔어요 촌에서 우리 애기가 장하죠
읍내에 있는 학교인데 자전거로 새벽에 가야 한다나
그나저나 냉큼 십문오 싸줘요
혹시 댕기다가 발 아프면 바꿔줘요 알겠죠
주인은 대꾸도 한든 말든 혼잣말로 자랑 아닌 자랑이다
공부 열심히 하라고 사주는 겨 알겠지
학교 가려면 아침 일찍이 나가야 될 거 아녀

아침에 일어나니 비가 퍼 부었다
운동화 젖을 세라 맨발로 자전거 탔다
교실로 들어가 신었다

---

* 십문칠 : 크기나 길이가 딱 맞을 때 사용했던 말(50~60년대) 즉 10,7이다. 요즘
으로 보면 256,8mm라고 보면 된다

미완성의 갈림길에서

아직도 못다 쓴 미완성의 갈림길에서
미처 몰랐던
그 뜨거운 열정은
홍조 띤 얼굴에
따스한 봄바람이 스치고 달아난다

시상을 정상에 앞두고
힘에 부쳐
스스로 하산하기를 몇 번
행과 연의
갈등에 빠져 허우적거리고 있었다

눈감을 때와 뜨고 볼 때는
명암이 갈리 듯
원고의 깊이가
허술해도
빛이 바래도 실망하지 않으며

노어해시의 아픔이
진정 시라는 진리 앞에 비로소
희열을 느끼게 되며
오랜 동안 살아 있는
생명시가 탄생하는 시인들이여 박수를 보냅니다

* 노어해시 : 글자를 틀리게 쓰거나 틀리게 새기는 실수

중년의 어느 날

따스한 봄바람이
내 코끝을 스칠 때
너의 미소는
어김없이 찾아와
살랑살랑 부는 세상바람이
중년의 마음속을 헤집어 놓는다

옥상 피뢰침 끝에 걸린
하얀 천이
봄바람에
나풀거리는 모습이
봄의 향연을 시샘이나 하듯
중년의 마음은 허전하고 텅 빈 느낌이다

아지랑이
모락모락 피어오르고
잡힐 듯 잡힐 듯
애간장을 녹이는 너의 모습을
이젠 훌훌 털어버리고
우아한 중년의 모습으로 거듭났으면 좋겠다

가을 골짜기

계곡에서
맑은 물이 졸졸졸 흐른다
산기슭 모퉁이에
자리 잡은 가을향기는

아름다움을 데리고
어느 새 골짜기 사이를 빠져나간다

가을 하늘에 비치는
하얀 속살은
간 밤 내렸던 가랑비에
입 줄기를 따라

아름답고 포근한
골짜기로 사뿐히 내려앉아 눈을 감는다

기약 없는 이별

무더운 여름밤
매미가
극성스럽게 울부짖고
일주일간의
사랑놀이에 흠뻑 빠질 때
한 줄금
소나기에도
아랑곳없이 줄기차게 울어댑니다

이 밤이 지나면
돌아오지
못한 아쉬움에
새벽 첫차를 탄 사람들처럼
꾸벅꾸벅
졸다가
다가올
내일이 두려워 슬피 울고 있나 봅니다

내 친구가 돌아왔다

친정에 다니러갔던
아내가 가급적 빨리
돌아오리라
약속하고 떠났었는데
텅 빈 거실에서 잠깐 잠이 들었나 보다

꿈속에서 아내가 흔든다
눈을 떠보니
비바람이 몰아치는데
무척 반갑다 내가 너무
무관심 했던 것이 아닌가 하는 반성을 해 볼 때

잠에서 깨어 현관을 쳐다본다
문이 열리면서
진짜 아내가 들어선다
두 팔을 벌린다
핀잔을 준다 내 소중한 친구가 돌아왔는데 어떠랴

금쪽같은 내 사랑

엄마한테 살을 빌리고
아비가 **뼈**를 만들어
삼신할머니한테 너희를 보내 달라고
빌고 또 빌어
어렵게 세상 밖으로 데리고 나왔다

세상 밖을 나와서
정겨운 우애는
무엇보다 가슴 뿌듯하고
성실하게
살아가는 너희들이 갸륵하고 예쁘구나

소중한 너희를 나에게 선물로 준
삼신할머니 주소로
정성으로 감사의 마음을 담아
선물을
보내드렸지만 수취인 불명으로 되돌아왔다

숨 막히는 병실

살금살금 미닫이문을 여는데
가슴이 콩닥 콩닥 뛴다
잠 좀 잡시다
에라 모르겠다 살며시 문을 열고 나선다

급한 일보고 다녀오는데
좀 막고 삽시다
거참 되게 예민하네
속은 부글부글 끓지만 참고 말았다

여보슈 당신은 막는다고 막아지나
생리현상인데
쉬 쉬쉬 다른 분들 다 잡니다 헐
숨 막히는 병실에서 뜬 눈으로 세워야 하나

그리움의 속삭임

그리움이 내 안에
갇혀 있을 때
허전한 마음과
애절함이 가슴 깊이 밀려옵니다

어두운 밤이 되어
살며시 다가와
속삭일 땐
그 설레 임이란 무엇으로 비할까요

아침이 오면 길모퉁이에
비켜 서있는
그리움의 흔적을
잘 간직하여 아름다운 마음을 달래보렵니다

겨울 풍경

눈보라가 몰아친다
올 겨울
처음으로 내리는데
얼어붙는
경제 탓에
얼굴 표정이 웃음이 멈춘 지
오래다
호주머니에 양손을
찔러 넣고
종종걸음으로 걷다보니
목울대 속으로
찬바람이 스며들어
떨고 있을 때
포장마차에서 이걸 드시고 추위를 이겨보세요

난 매우 행복합니다

항상 곁에서 행복한
표정을 짓는
당신 얼굴을 쳐다보면
그 품 안에서
헤어나질 못하고 해매고 맙니다

생애 최고의 행운은
당신을 만난 것이고
자고 일어나 아침이 와도
어김없이
난 당신의 마음을 두드릴 거예요

당신을 사랑 할 수 있기에
고마울 뿐이고
철없는 날 지켜주는
친구 같은
당신이 있어 매우 행복합니다

석양의 길목에서

석양 사이로
뻗어나는
빛줄기를 따라
현란한 불빛을 비출 때
그 황홀함은 이란(伊蘭) 그 자체입니다

아련한 추억은
아쉬움을
떠나지 못하고
지탱하고 있는 시간은
세상을 향해 질주합니다

기다리는 이에게
안부를 전하고
그날을 위해
세월의 강을 건너
새로운 꿈을 꾸는 이 추억 길목에 서서

마지막 잎새

한 장 남은 잎새가
쌀쌀한 늦가을
찬바람에
된서리를
맞고 오들오들 떨고 있습니다

마지막 잎새가
곧 떠나야 하는
운명이라는
숙명 앞가지
끝에 매달려 울부짖습니다

내 곁을 떠나길
주저하지만 떨리는
너의 흐느끼는 목소리에
그 입술을 차마
쳐다보질 못하고 말았습니다

시인들이여

시인들이여 평범한 진리는
삶의 속도에
의존한 채
미로 속에서 시어들을 찾아 헤매고

진정한 나를 찾아
순결하고
깨끗한 시의 구조를
만나기 위해 행과 연 사이를 오고 가다가

추상 찾아 삼만 리
구상 찾아 삼만 리
시적 표현의 예술을 찾아
상징과 비유에 몸부림치는 그대여

빛바랜 이미지를 털어버리고
좋은 시를 위해
불철주야 창작의
옥고(玉稿)를 치르는 동지들이여 비상하라!

3부

햇빛과 달빛 그리고 별빛

내 가슴을 따뜻한
마음으로 애틋하게 바라 본
햇빛은 겨우내 담아
두었던 애정을
생동감 이어주는
행복을 위해 기꺼이 희생하는 당신

달빛은 서둘러
떠나려 하지만
밤을 기다리는 별빛은
당신의 그 황홀한
눈빛에 가려 무수히 떠있는
별들에게 원망 아닌 원망을 듣는다

또 다른 잉태를 위해
저녁이슬에게
안부를 물어 봤지만
기나긴 기다림이 주는
달빛 그리고 별빛은
아쉬움을 주고 미련 없이 떠나가려 합니다

은행나무 그늘

은행나무 가지에서
새싹을 위해 합창을 하고
뾰쪽 내민 입술에
봄바람이
살짝 입을 맞추고 얼굴을 붉힌다

무더운 여름이 찾아오면
멋지게 우거질
그날을 회상하며
지탱할 수 있는
만물의 그늘을 준비를 하고

새로운 잉태에 의지하고
다가올 여름을 향해
무더위를
식혀 줄
그늘이 미련 없이 다 지워버린다

부부가 되던 날

결혼식장에서
당신을
넘겨주시던 날
장인어른 하신 말씀이 생각납니다

내 생명보다 더 소중하게
보배같이 키웠네
잘 부탁한다는 말씀도
잊지 않으시고
십 수 년이 흘렀는데도 귀에 쟁쟁합니다

세월이 흘러
강산이 여러 번 바뀌었는데
그 말씀을 다시 한 번 새기며

너무 소홀하지는 않았는지
부부의 날 아침에
잠시 뒤돌아보는 날이 되었네요 사랑합니다

소국

꽃밭에 심은 하얀 노랑
빨강 소국이
실바람에 나부낀다
하얀 소국은 진실한
약속을 메시지에 담아
안부를 묻고 사랑했노라고 말하고 싶습니다

노랑 소국은
회복할 수 없는
그곳으로
떠나버린 너의
실망감은 훌훌 날아
향기가 그윽한 그날을 위해 기도합니다

빨강 소국은
침묵에서 벗어나
당신을 사랑하고 파
그리움을
눈물로 닦아주고 꽃잎이
떨어질세라 꼭 붙잡고 몸부림칩니다

* 소국(小菊) : 작은 국화

인적 끊긴 간이역

인적이 끊겨
을씨년스러운
간이역
평행선을 달렸던 철로는
세월의 무게를 이기지 못하고 녹이 슬고

떠받치고 있는
침목은
영광의 상처투성이
간이역 간판은
모진 풍파를 맞아 빛바랜 채 울부짖고

한 때는 인파들로
북새통을
이루었으리라
쓰러져 가는 낡은 의자 사이로
쑥부쟁이가 엷은 미소 짓는다

가을 길목에서

산자락 아래
머물고 있는
오색단풍 아름다움을 뽐내며

황홀함을 간직한 채
자신의
아름다움을 묻어야만 하는 고통

차마 떠난다는 말을
용기조차
못하고 다시 찾아올 때는

더 우아하고 성숙함을
약속하며
허공 속으로 살며시 빠져 나간다

장미 꽃송이

꽃 박람회에 수많은 꽃 중에
장미꽃이 제일로 예쁘다
보라색 장미 노란 장미
빨강장미 하얀 장미
흑장미 핑크 장미
다양한 색들이 환하게 웃고 있다

영원한 사랑 보라 장미
행복한 사랑 핑크 장미
열정적인 사랑 빨강 장미
순수하고 존경함의 하얀 장미
당신은 영원한
나의 것 흑장미
우정으로
쓰이긴 해도 질투가 포함된 노란 장미

7송이는 짝사랑을
99송이는 우리들의 영원한 사랑을
100송이는 청혼에 의미를
한 송이는 하루를
잘 보냈다는 의미라
나이 수대로 하는 것이 제일 좋다

졸고 있는 마파람

무더위는
입을 삐쭉 내밀고
졸고 있는
마파람을
흔들어 깨우지만
더위를 먹은 탓인지
축 늘어진 채로 가로수 가지에 걸려
떨어질까 봐 안간 힘을 쓴다
이 좁은 공간에서도
붙들지 못하고
더위에 뭇매를 맞는다

마파람이 햇빛에
검게 그을려
테마를 갈망하다
빌딩 숲에 걸터앉아
시원한 그늘에서 문안인사 올 때까지 기다린다
무더위를 물어뜯는
매미 울음소리는
메아리를
데리고 훨훨
허공 속으로 날아간다

내 고향

황톳길 언덕을 넘어 모퉁이를 돌아가면
굽이굽이 흐르는 실개천을 따라
읍내 학교까지 시오리 길
초등학교 검정교복 앞가슴에 하얀 손수건을 달고
먼 거리를 떨어질세라 누나 형아 허리춤을 꼭 잡고

종종걸음으로 등교시간을 맞춰야 했던 어린 시절
자칫 지각이라도 할 때면
나를 등에 업고 악착같이 데리고 다녔던
우리 형아와 누나들이 사뭇 고맙고 예쁘다

정월대보름날 액운을 쫓아내는 달집을 태우며
가족의 건강과 마을의 풍년을 이루고
재앙을 막아 달라 두 손 모아 기도하던 부모님들
동구 밖에서는 친구들과 밤이 늦도록 쥐불놀이 하던 곳
세월에게 매를 맞은 동네 공터는
잡초만이 무성하게 자라 있었고

인적도 끊긴 폐가가 우후죽순 늘어나지만
향토정서*는 여전한데
찬바람에 쓰러질 듯 삐걱거리는
대문 소리가 을씨년스럽다
빛바랜 문패는 반쯤은 온데간데없고
개조심 글씨는 옛 주인 흔적만 남았네

* 향토정서(鄕土情緖) : 시골의 정서

문득 어느 날

원고 청탁 날짜를 맞추느라 분주할 때
가끔 집필 중 집중하지 못하고
천장을 보거나
무슨 생각을 했는지
거실로 나와 우두커니 가끔 먼 산을 바라본다든가

사는 것 자체가 허무한 생각이 들고
가슴 답답함을
호소하고 싶을 때
바람에 날리는 전단지가 허공 속으로
사라지는 모습을
보고 히쭉히쭉 웃는 모습이 내 모습이다

어떤 때는 슬픈 마음이 들고
뚜렷한 이유도 없이 그렇다
아내의 한마디 충고가 마음에 걸린다
주변 낮은 산이라도
등산이 하는 것이 최고라고 한다

무심코 던진 말이었으면 좋으련만
우울증의 시초인가
일시적인 증상이겠지
긍정적으로
포장하는 내가 밉고 솔직히 두렵고 무섭다

또 다른 나를 발견

현관을 열고
들어서니 거울속의 나를
발견하고 우두커니 서있는
나 자신과
또 다른 내가 있다는 것을 알았다

저 모습이 진정 나의 모습이었던가
생각보다 훨씬
다른 모습을 전신거울로
보기는 처음이다
그동안은 무심코 스쳤기 때문이다

세월은 유수 같아
내 모든 것을
바꾸어 놓았다
마음과 정신과
미래에 대한 희망도 송두리째 변해 있었다

가슴속의 긴 여정

등산로 건너편
녹음이 우거진 숲에
꾀꼬리가
울어댄다
여름 녹음의 절정을 노래하는 모습은

소나무 사이로 시원한
바람처럼
내 마음속을 식혀준다
석양에 비치는
붉은 노을의
황홀함은 가슴 속의 긴 여정

침묵 속으로 떠나 간
산길 따라
한발 한발
경사진 언덕을
올라가는 사이
허공 속으로 훌쩍 날아가 버린다

죽마고우

마을 입구에 둥근 느티나무
새끼줄로 칭칭 동여 맨
줄 사이사이에
울긋불긋 천을 끼운 성황당
특히 가뭄이
계속될 때에는 기우제를 지내 빌고 빌었던 곳

어린 시절 앞을 지날 때마다
고무신을 벗어들고
무서움에 멀리 그곳을 피해
돌아가야 했던 추억들
세월이 흘러
고목이 되어 팔 다리가 부러져 초라하지만

우리 할머니와 어머니께서
학교에서 돌아오길
기다렸던 그 둥근 느티나무
어둠 속에서 친구들과 함께
집으로 오던 중
우리들은 두려움에
크게 노래를 부르며 다녔던 친구들

이제는 돌아올 수 없는 곳으로
하나둘씩 떠나버린
죽마고우들아
잠시 너희들을 생각하며
이 그늘에 앉아
추억을 회상해 본다 친구들아

행복은 곁에 있습니다

행복이 멀다고
느끼지만
결코 멀리 있지 않고
내면에 내포되어 있어
자신의
만족감에 따라 결정하게 만듭니다

모든 일에
감사함을 잊지 말고
작은 것부터
소중함을 알아야 하며
무엇보다
중요한 것은 과한 욕심은 금물입니다

특히 지나친 욕심이
잠재된 이상
정신세계까지
흔들기 때문에
과감하게 내려놓을 줄
알아야 정서적으로 행복을 위한 길입니다

이슬방울

풀잎 위에
수정처럼 투명한
보석을
목걸이 만들어 목에 걸고

실바람이 스며들어
아쉬운 소리가 멈출 때는
시간마다
빛깔을 입히지 못하고

햇볕이 따스하게
비치는 아침이면
미련 없이
서둘러 떠나려 할 때

공간 위에 떠있는
또 다른 이슬방울에게
내일을 향해
침묵 속으로 손잡고 떠납니다

열대야 밤

열대야의 밤은
머릿속을
혼란스럽게 한다
한 여름 밤을 숨 막힌 채로 빙 빙

어둠에 눈이 감긴 가로수도
어둠에 눈이 잠긴 가로등도
어둠에 눈이 잠긴
간판등도 무더위 속으로 스며든다

열대야의 어둠은
공원 언덕에서
움직임을 버리고
잠을 청해야 하는 그 사이에서

무더운 여름밤은
뜨거운 바람을 데리고
자정이 지나
콧바람 사이를 살며시 빠져나갑니다

하얀 연기

땅거미가 몰려올 때
모락모락 피어오르는
하얀 연기는
산기슭을
따라 골짜기 사이로 빠져 나갑니다

어둑어둑 해질 무렵
굴뚝 아래로 흘러내리는
하얀 연기는
무대를 만들어
관객을 향해 인사를 하는 것 같습니다

저기압이 찾아오기 전에
서둘러 떠나
밤하늘 별들이
모두 나와 있는
허공 속으로 훨훨 날아가 버린다

추억의 여름방학

빛바랜 반바지에 검정 고무신을 신고
친구들과 큰 신작로사이를 가로질러
샛강으로 향했다
가파른 모래 내 언덕을 지나면
수많은 들꽃과 수양버들
버들피리 만들어 신나게 불던 곳
금모래 은모래 가득한 여의도 모래사장
피라미 잡고 조개 줍고 물장구치고 놀던 곳

토끼풀로 목걸이 만들어 서로
목에 걸어 주었던
소중한 추억들 그 친구들은 머리가
희끗희끗 바람에 날리겠지
당인리 발전소에서
여의도 비행장까지
걷다가 노량진까지 놀다오다
허기질 때 땅콩 무밭에 들어가
몰래 뽑다 벌도 받았고 비로소 저녁노을이 질 때

부랴부랴 집으로 돌아오곤 했는데
이것이 내 어릴 적 추억의
여름방학이다
물안개가 피어오르는
한강 선착장에는 일렁이는
물결위에 불빛이
아름답게 수를 놓고 쏟아지는
빗줄기에 뭇매를 강물은
아픈 내색조차 못하고 유유히 흐르고 있었다

* 샛강 : 지금의 마포구 상암동과 난지도 사이에 흐르는 한강의 지류 사잇강이
        라고 하였다

튤립 꽃

튤립 꽃밭에서 빨강 핑크 보라
하얀 자주색 노랑 흑색 꽃이 가득하다
꽃들이 활짝 웃고 있을 때
햇볕에 그을린 꽃향기가 바람에 이집 저집 드나든다

튤립 꽃 중에 빨강 꽃은
언제나 당신을 사랑한다는 고백을
상징하는 꽃이지만
늘 함께 당신하고 있으면 행운이
있길 바라는 마음에서 이 꽃을 선물하고 싶어진다

노랑 튤립을 선물하는 것은
혼자만의 사랑의 꽃말이라
익숙하지 못한 사랑은 금물이다
이 꽃밭에서 핑크 빛 꽃을 가장 좋아한다
애정과 배려가 숨쉬고 영원한 사랑의 꽃이기 때문이다

하얀 눈가루

병원 옥상에서
하얀 눈을
마음껏 뿌려 보았다
한아름 안아서
찌든 세상도 아픔도 함께 던졌다

순수한 마음과 깨끗한
마음만 남고
희망차고 알찬 삶을
함께 동행
하는 것이 최고의 선물이라는 것을

그것도 하얀 꽃가루와 함께
퇴원을 앞두고
높고 넓은 옥상에서
모든 것을 이곳에
버리고 깨끗한 마음으로 돌아가리라

빗방울

보슬보슬
비가 내린다
구두 끝에 매달린
빗방울이
발걸음에
못 이겨 이내 튕겨져 나간다

이리 체이고
저리 체이고

내딛는 발소리에
놀라
빗방울은
이 순간 떠나야 하는
숙명 앞에서 부들부들 떨고 있었다

새벽안개

우거진 숲속을
휘감고
올라가는
물안개가 입맞춤을 할 때

안개비를
바라보며
아쉬움을 잊기 위해 몸부림친다

옥로에 맺힌
이슬방울이
떨어지는 낙수소리에 놀란다

새벽안개가
들안개를 데리고
계곡 속으로 숨어버린다

갈대 숲

가을바람이
갈대 숲 사이로
까치들의
힘겨운
싸움에 소리 내지 못하고 있을 때

실바람이 다가와
희미한
들안개를 따라
희로애락을
뒤로하고 미련 없이 떠나보내고

아픈 상처를
허공에 던지고
고운님과 이별이 아쉬워
울걱한 눈물이
목울대를 타고 넘어가고 있었다

삶의 무게

삶은
무거운 짐이
결코 아니다
세상은 언제나 무거운 짐을

덜 수 있도록
선택의 여지를 부여한다

자신의
선택에 따라
무거울 수도 있고
또한 가벼울 때도 있기 때문에

좌절하거나
회피하지
말고 부딪쳐서 이겨야 한다

빗방울 소리

빗방울이
소리 없이 내린다
가랑비에
잡혀서 멀리
떠나지 못하고
내 주위를 서성이다
이 내 침묵 속으로 사라진다

빗방울 소리는
내 마음속에
잠시 머물다
이내 가랑비 사이로
비집고 들어와
아늑한 새 둥지에서
따뜻하게 잠들고 싶을 뿐이다

둥근 달

태양은
어둠을 삼켜 버리지만
달은 어둠을 감싸 안는다

일식과
월식을 만나도
달은 결코 성내는 법이 없으며

슬플 때나
아플 때도 탓하지 않고
따뜻한 품 안으로 받아주고

기쁠 때는
모든 이를 밖으로
모두 불러 화합과 즐거움을 선사한다

모퉁이 그녀

너는 참 좋겠다
그토록 그리워하던
그녀의 얼굴을 날마다
지켜볼 수 있다니 네가 참 부럽다

난 먼발치에서
모퉁이로 돌아가는
뒷모습만 바라보며
항상 찰라 속에 갇혀 있는 것처럼

한 순간이라도
주시 못하는 내 심정
알기나 하느냐
그래서 늘 곁에 있는 네가 참 부럽다

가을 추수

가을벌판 붉게 물든
저녁노을을
이 텅 빈 허공 속으로
돌려보내고 나니
허전함이 몰려오고 지난 세월
모진 풍파에 일그러진
허수아비는 슬픈 미소를 지으며 나를 반긴다

늦가을을 원망하듯
늙은 메뚜기가
힘이 부쳐 뛰지 못하고
희미한 눈망울을 깜박거린다
기나 긴 기다림의
푸른 벌판의 잉태를 위해
가을이 지나가는 이 길목에서 서성입니다

아내의 외출

아내가 소래포구에 간다고
영등포에서
초등학교
동창을 만나서 가기로 했단다

이유인 즉 회를 들고
새우젓도
살 겸 해서 그곳이 유명하다고 간단다

교외로
오랜만에
외출하는 마음이 설레는가 보다

잘 다녀오시오
발길을 사뿐 사뿐 내 디디고
현관을 나서는
모습이 훨씬 활기찬 모습이었다

일출여행

새해를 맞이하여 정동진에 도착
솟아오르는 붉은 태양을
바라보며
다사다난 했던
지난해는 아쉬움이 있지만 다 떨쳐버리고

무엇보다 우리 가족의
행복과 화목한 가정
아내와 큰아들
작은아들
낼 모래가 구순이신 어머님 건강하시길 빌었다

백순이 가까운 장모님과
또한 내 자신의
건강도 챙기고
좋은 글을 집필하며
만사형통한 한해가 되길 기도했다

4부

적막 속에 맴도는 노래

그대의 목소리는
적막 속에 맴도는 노래
내 곁을 지켜주는
그 고귀함에
사무치도록
보고 싶은 것은 어쩔 수 없나 봅니다

품 안으로 살며시
들어와
그리움의 노래를
불러 줄 상상하면
내 마음속은
허물어져 가는 것 어쩔 수 없나 봅니다

문득 보고
싶은 마음
그 자리를 묵묵히
서 있는 골목길 수은등처럼
멀리 떠나지
못하는 것은 어쩔 수 없나 봅니다

날 찾아온 기다림

꿈속에서 내 곁을 떠난
당신이
살며시 찾아왔어요
그 기쁨에 잠 못 이루고 꼬박 세웠어요

언젠가는
내 곁으로 돌아올 꺼라
굳게 믿고 있었어요
한 동안 그리움은 말로 표현하기가 무리예요

나를 찾아온
긴긴 기다림인데
또 다시 보내야 하는지
생각하기도 싫고 가슴이 아프고 저려오네요

밀접한 관계

부모자식 간에는 믿음이
형제간에는 우애가
사업장에는 신뢰와 약속이 중요하며

무엇보다 양보와
배려는
아름답게 살아가는데 산소 같은 역할을 한다

봄이면 만물이
소생하고
여름이면 무더위가 가을이면 오색단풍이

겨울이면 하얀 눈이
내리는 것처럼
모든 풍경은 삶에 진리와 밀접한 관계이다

사랑방 이야기

하얀 눈이 펑펑 내리는 날
화롯불에 알밤을 넣고
얼마나 시간이 흘렀던가
사랑채 방 안이 잿빛
먼지와 불똥이 날아 들어 아수라장이 되었던 날

알밤에 흠집 내야 하는데도
무심코 넣은 것이 화근
총을 쏘듯 요란하게
터지는 바람에 놀란 가슴을 쓰려야 했고
사랑방 윗목 통가리 속엔 고구마 감자 밤이 가득했고

아궁이에는 장작불을 피우고
소죽을 끓이면
아랫목을 철철 끓어
엉덩이를 녹이고 얘기하고 놀았던
추억이 겨울 밤 이야기에 잠시 추억 속으로 돌아가 본다

장독대

뚜껑마다
하얀 매직펜으로
구순이 훨씬 넘으신
장모님만 알 수 있는 표시가 있다

동그라미 세모 네모
그 안에 숫자
담근 날짜다
쓸고 닦고 아끼시던 장독대

밤나무 그늘 아래
뒤꼍*에 위치한 불편함을
한적한 앞마당
양지바른 곳으로 옮겨 달라신다

모진 시집살이
눈물이 마를 날이 없어
한바탕 울고 나면
마음이 안정된다고 하시던 장독대

* 뒤꼍 : 집 뒤에 있는 마당이나 뜰

소음

쌩쌩 달리는
자동차 소리와
한 차선을 막고 통제하는
호루라기소리
공사 중에 위험 표시판을 설치해 놓고

수시로 바뀌는 수신호에
차량들이
엉거주춤 따라가는
모습이 우습기도 하고 서글프다
오토바이와 공사장 발전기 돌아가는 소리

모든 것이 소음이다
밤낮이 없다
길거리에서의 메가폰 소리
고성방가로 외쳐대고
남을 무시하는 풍토 언제쯤 사라지려나

입원실

병실이 시끄럽다
아직 시각이
저녁 8시가 겨우 넘었는데
잠을 자는
환자들마다 특색 있는 잠버릇과 코골이

뿌드득 뿌드득
중얼 중얼 핑 핑 피
푸 푸
풋 파 풋 파 가지각색이다

한 환자가
벌떡 일어나 소리친다
불 좀 끄슈 드르렁 드르렁
이내 쓰러져
코를 사정없이 고네 아이쿠 잠꼬대네

이 밤을 어떻게
지새우지
눈을 감아도
눈알은 멀뚱멀뚱
이리 저리 뒤척이다 어느새 새벽 동이 튼다

상고대

산 정상에는
매서운 찬바람이 몰아친다
가을이 머물다
간 그 빈자리엔
간밤에 내린 눈이 멋진 무송을 만들어 놓았다

앙상한 가지마다
상고대 꽃이 기온이 급격히
내려가는 줄도 모르고
바람에 흔들거리는
풍경이야말로 황홀함 자체이다

아름답고 우아한 꽃은
눈안개가 만들어 준
겨울 최고의
선물을 안고 굽이치는
산길을 따라 풍요로운 설경을 감상했다

∗ 상고대 무송(霧淞) : 나무나 풀잎에 된서리가 내려 눈꽃 같이 된 모습

동반자

피곤해 하는 당신을 차마
얼굴 들고
쳐다 볼 수가 없었습니다
청순한 모습조차
바꿔 놓은 세월이 야속하고 미울 뿐입니다

어깨 목이 아프다며
이렇게까지
살아야 하나 하는
푸념 속엔 날 한없이 절망에
빠트리고 있다는 것을 당신은 아십니까

삶은 고행의 연속이지만
고비를 넘기면
행복이 찾아온답니다
어차피 함께
가야 할 동반자라는 걸 잊지 않겠습니다

만추

억새꽃이 만발한
산마루 자락에 붉게 물든 저녁노을은
그 황홀함이란
탄성을 자아내게 합니다

풀내음이 그윽한 숲속으로
땅거미가 짙게 드리울 때
어디선가 작은 돌개바람이
앞마당 돌담 틈 사이로 살며시 빠져 나갑니다

어둠이 서서히 밀려올 때
풀잎 뒤에 숨어있는
가을빛 그림자는
텅 빈 허공 속으로 훨훨 날아가 버립니다

이슬방울로
갈증을 해결하는
귀뚜라미는 깊어가는 이 가을밤에
슬픈 노래로 잠시나마 아쉬움을 달래봅니다

목불인견

불빛이 찬란한 빌딩 사이에
정자 아래 한 노인이
걸터앉는다
등허리는 지나온 세월만큼이나
굽어져 힘들어 보일 때
사람들이 다가와
이야기 꽃 피우며 흡연에다
가래침까지
고성방가로 대화를 나눈다
무더운 밤 기침소리는
빌딩 밤하늘 숲 사이를 메아리친다

주위에는 금연스티커가 붙어있고
양동이 재떨이가 설치되어 있어도
빈 병과 커피잔이
나뒹구는 모습
노인이 떠나는 뒷모습처럼 쓸쓸하다
양보와 배려가
철저히 무시당하는
최악의 여름밤이다
목불인견(目不忍見)*이다
더불어 산다는 것을 잊지 말았으면 좋겠다

* 目不忍見 : 눈 뜨고 차마 볼 수가 없는 것을 말함

관악산 등산

속속히 잘 아는 관악산
리듬을 타고 한발 한발 옮긴다
산세가 아름다워
청순하고 가련한 가을 단풍이
황홀하다
봉우리에 걸터앉아 사방 둘러보니
에워싸인 풍경이 절경이다

서서히 해가 지기
시작하고 땅거미가
작심하고 내 어깨 위를 짓누른다
하루 종일 서있는 이정표는
여기 저기 인파들의 길라잡이
올라 올 때 들고 온
라디오에서는 가곡(그리운 금강산)이
온천지를 울려 퍼진다

차령산맥으로부터 이어온 관악산은
영원히 우리들을 행복하게 해주고
산맥이 온순해서
맥박도 정상이고 가볍게 하산했다
이보다 더 좋은 산은 어디 있겠는가
다함께 잘 보존해서 후손에게 물려주자

향수

뒤꼍에 볏짚으로 잘 엮어서
김장독 집을 만들어
겨울 양식의 1호
풍경 속 사진처럼 정겨운 곳
낯설지 않고 소박한 꿈을 꾸고 자랐던 고향집

친구들과 사랑방에
둘러앉아
화롯불에
고구마 감자 밤을 굽고
앞마당 구석에 무와 당근을 묻어 꺼내 먹던 곳

따뜻한 아랫목에 띄운
청국장은 손 두부와
감자 무를 썰어 넣고
구수하게 끓인 그 맛
마루에 걸터앉아 아련한 향수에 젖어 본다

함께 할 작정이에요

아름다운 눈동자 속에
촉촉이 맺힌
이슬방울이
난 당신의 품속을 헤어날 수가 없어요

그 매혹적인 모습에
잠도 못 이루고
내 일생에 있어
난 당신이 내 곁에 있어 매우 행복하거든요

당신은 내 가슴속
한가운데 자리 잡아
난 이대로
당신을 위해 늘 아끼고 사랑할래요

그 고귀한 마음과
자상한 마음이 고마울 뿐이고
난 당신과
영원히 함께 할 작정은 변함이 없어요

지하철 안에서

흔들리는 손잡이는
리듬에 맞추어 춤을 출 때
눈 시선을 어디에 둘까
천정을 바라보다 광고지에 눈을 돌린다

승객들이 지켜봐도
아랑곳 하지 않고
부비부비 보기가 민망하다
장소를 가려줬으면 좋으련만 씁쓸한 생각이 든다

이제는 과감하게 허리까지
낄낄거리는 모습이
아슬아슬하다 결국은
내가 겼다 자리에서 일어나 다른 칸으로 옮겼다

여장부

가냘프고 여린 모습으로
환하게 미소 지으며
양손을 모으고
호탕한 웃음이 최고인
특히 눈매가 아름다운 사진이 눈에 들어온다

지금은 몬트리올에서
홀로 두 아들을 키워 낸
억척같이 가리지 않고
해냈던 여장부
이 세상 누구보다 사랑하고 보고픈 누이동생이다

깊은 골짜기 사이에
빠져 더 이상 헤어날 수 없는 곳에서
가끔은 낯선 풍경 속으로
떠나고 싶기도 할 텐데
얼마나 외롭고 힘이 부쳤을까 생각하니 안쓰럽다

가슴이 사무칩니다

탐스러운 빨간 앵두
십리가 되는
5일 장에 내다 팔아
소풍가는 날
도시락 재료를 사셨던
어머니 죄송하고 마음이 편치 않습니다

심한 보릿고개에
보리밥과 수제비로
연명하고 강냉이로
끼니를 해결했던
그 시절 철없는
내 행동에도 모두가 내편이었습니다

오직 이 날만은
계란말이와 김밥
단무지도
빼놓지 않고
맛있게 싸주셨던 어머니
옛 이야기로 돌리기에는 가슴이 사무칩니다

통곡소리

고갯길을 지나 큰 대문집 앞에 서성이다
벨을 눌러도 인기척이 없다
전화도 받지 않는다 이번엔 두드려본다
아무도 없나보다 옆집인 듯 노인 한 분이 나오신다

아침 일찍 장례 치르러 화장터에 갔어
누가 돌아 가셨어요 어제저녁에 통화했는데요
아니 글쎄 새벽에 통곡 소리가 얼마나 크던지
그렇게 슬프게 우는 것 처음 봤어
놀라서 나와 보니 이 집 어르신이 아니고 개가 죽었대나
기르다 보니 정이 들어서 그런 거겠죠
아무리 정이 들어도 그렇지 동물하고는 구별해야지
작년 이집 할머니가 돌아가셨는데 그때는 너무 조용했었어
요즘은 반려견도 가족처럼 보살피잖아요
그걸 왈가왈부 하는 게 아니라
우는 것은 자유지만 곡소리를 구별하라는 거야

할아버지께서는 혀를 끌끌 차며 들어가신다
물건을 전해 달라 부탁하고 내려오니 해가 중천에 떠 있었다

하얀 억새꽃

억새꽃의
우아함을 시샘이나 하듯
갈바람에
홀씨 되어 유유히
사라질 때
꽃잎을 한 움큼 잡아 흔든다

하얀 꽃이
억새밭 사이에서
깊어가는
이 가을밤을 노래하며
떠나야 하는
으악새는 그렇게 슬피 우는가 보다

해바라기

노란 머리에
예쁜 입술 파란 머리띠
허리는
가냘픈 모습이
알프스 소녀 하이디를 연상케 한다

누렇게 펼쳐진
벌판에 푸른 잎으로
펜스를 치고
뜨거운 햇빛을 피하려
필사적으로 고개를 숙이고 열을 막는다

부끄러워
고개를 숙여야 하는
해바라기 꽃은
탐스러운 열매를 위해
늘 그 자리에서 묵묵히 서있다

겨울바람

낙엽이
떨어지기 전에
겨울 찬바람에게
소식을 전한다
아직도
그 자리에서
서성이면서
차가운 겨울바람은
눈망울이 되어
뒷동산 산기슭에 메아리친다

겨울 찬바람은
소리 없이
살며시
내 곁으로
다가와
차마 말 못할
가을 이야기를
부메랑에
매달아 띄워
보내지만 결국 되돌아왔다

자존심 찾기

삶을 자신의 테두리 속에
가두고
협박하기도 하고
구슬려보기도
하지만 현실은 녹녹치 못하다

단점을 보완하려고
노력하지도 않은 채
사회 탓이나
남의 탓으로
돌리는 경우가 대단히 많다

가장 중요한 것을
망각하고
잃어버린
자존심을
어떻게 찾느냐가 관건이다 결코 쉽지 않다

엄마의 눈물

중학교 때 학교수업이 끝나면 영업소로 달려가
배당받은 신문을 양팔에 끼고
이집 저집 바쁘게 뛰어 다녔다 가쁜 숨을 몰아쉬고
마을 사이를 가로질러 산기슭에 자리 잡은 파란 대문 집
주변은 어둡고 담 벽을 사이에 두고 서성이다가 인기척을 해
본다

발자국 소리를 죽인 채 11월의 찬바람에
기침소리는 산자락을 메아리치고
개 짖는 소리는 적막공산
이 밤에 달빛 그림자는
큰 입에 거품을 물고 내 목구멍 속으로 넘어간다

괴성을 지르는 바람소리는
옷깃 속을 파고들어
등골이 오싹하고
등줄기에는 줄줄 옷을 적시고
땀방울이 바지까지 흘러내려 두려움에 머리가 선다

발뒤꿈치를 들고 사뿐 사뿐 내디딜 때
나풀거리는 옷자락을 잡아당긴다 돌아보는 순간
큰 누렁이가 달려 물어 끝내 오줌까지 지렸다
병원 갈 형편도 못되는 자신을 원망하는 우리엄마
다리에 붕대를 감아주는 내내 하염없이 눈물만 흘렸다

* 적막공산(寂寞空山) : 적막하고 깊은 산

임이시여

그토록 보고 싶은 임이시여!
꿈속에서도 당신의
그 아름다움에 잠도 이루지
못하고
애만 타다가 늦잠까지 잤습니다

긴긴밤 그리움이
아련하게 밀려오면
난 밤이 새기 전에
당신 품 안에
살짝 안겨 투정을 부리고 싶습니다

그러다가 아침이 오면
난 너무 허전한
마음을 어떻게 달래나요
그러기에 당신을
미워하고 원망할 수밖에 없습니다

가을 이야기

낙수소리에 놀란
가을바람이
못다 한 이야기를 안고
작은 뜰 앞 공간 사이로 다가와 속삭인다

아름다웠던 추억들은
더 이상 미련을 두지 않고
아늑한 내 품 안으로 돌아올 채비를 할 때

침묵 틈새로 빠져나온
그리움의 절규
어느새 내 눈가엔 촉촉이 이슬이 맺히네

산사의 저녁 종소리
은은한 파문
서산마루 걸린 해 순한 눈빛 오솔길
흥건한 풀벌레 합창 언뜻 풀숲 수치는 먼 그대 향기

사는 것이 별거냐

사는 것이 별거냐
그냥 가다가
지치면 잠시
그늘에서 쉬었다 가면 되잖아요

사는 것이 별거냐
그냥 가다가 힘들면
잠시 앉아 쉬었다
가면 그 이상 좋은 것 없잖아요

사는 것이 별거냐
그냥 가다가
고달프면 잠시
카페에서 쉬었다 가면 되잖아요

사는 것이 별거냐
빨리 간들 좋을 게 뭐가 있나
이 좋은 세상 구경
원 없이 하고 가도 늦지 않잖아요

문수산성

문수산 돌계단을 한 계단씩 올라 설 때
구름도 몽그라져 일어나지 못하고
모진 비바람에 늙은 소나무는
앙상한 가지만 남아 이제는 기력조차 없는지

아픔에 찢어지는 소리를 내 뱉는다
듬성듬성 빠진 머리칼과 삐쩍 말라버린 뼈마디가
튕겨나온 생명의 종착역
위태롭게 매달린 솔방울은 삶에 지친 촌로의 비련의 흔적

산허리를 휘감고 올라가는 안개구름이
풀죽은 어깨를 허공에 맡기고
바람소리 리듬에 맞추어 기타를 친다
흩어져 있는 화석 속 그림들이 묘한 여운을 남기고

강줄기를 따라 갈라진 계곡사이로
물안개가 서서히 피어올라 중턱에 앉아 있는
산안개가 반갑게 맞이할 때
문수산성 북문을 떠받쳐 온 화강암은 그 우아함을 뽐낸다

샛강의 추억

큰 신작로를 끼고
당인리 발전소 건너편
여의도 강가는
야생화가 가득 피고
버들피리 만들어 신나게 불고 다녔던 샛강

금모래 은모래
빛나는 모래사장
신나게 물장구치고 놀았던
옛 친구들은
무엇을 하고 지내는지 궁금하다

그 시절 비록 없이
살았지만
우정만큼은
늘 소중하게
생각했던 그 친구들이 그립구나

여의도 공원을
지나서
정체중인
마포대교 위에서
잠시 그때의 추억을 회상해 본다

불혹(不惑)을 바라보며

세월은 결코
빨리 가자고
재촉하지 않습니다
순리에 맞춰
세상 속으로
한 치의 오차도 없이 따라 돕니다

가랑비가 추적추적
하염없이 내립니다
온 대지를
서서히 적실 때
불혹의 나이가
가랑비처럼 살며시 스며듭니다

가끔은 낯 설은
추억 속으로
빠져 허우적거릴 때도
불혹이란 세월의
깃발을 달고
아쉬움을 향해 달려갈 뿐입니다